LA

GRÈCE LIBRE,

ODE

PAR A. BIGNAN.

~~~~~~~

À PARIS,

CHEZ CHAUMEROT JEUNE, LIBRAIRE,

AU PALAIS-ROYAL, GALERIE DE BOIS, N°. 189.

SEPTEMBRE 1821.

LA

GRÈCE LIBRE,

ODE.

DE L'IMPRIMERIE DE GUIRAUDET,

Rue Saint-Honoré, n°. 315.

LA

GRÈCE LIBRE,

ODE

PAR A. BIGNAN.

A PARIS,

CHEZ CHAUMEROT JEUNE, LIBRAIRE,

AU PALAIS-ROYAL, GALERIE DE BOIS, N°. 189.

SEPTEMBRE 1821.

LA

GRÈCE LIBRE,

ODE.

Génèreux descendans et de Sparte et d'Athènes,
Peuples long-temps courbés sous le poids de vos chaînes,
        Captifs, redevenus soldats,
Marchez, ô fils des Grecs! marchez à la victoire :
Imitez, s'il le faut, dans les champs de la gloire,
        Et Codrus et Léonidas.

*
* *

Cinq siècles de malheurs, cinq siècles d'esclavage

N'ont pas encore éteint ce sublime courage

Qui des rois brisait la fierté ;

Que l'amour du pays en redouble les flammes.

Recouvrez deux trésors, si chers aux grandes âmes,

La vengeance et la liberté.

*
* *

Liberté ! liberté ! dont la sainte puissance

Épure les vertus, exalte la vaillance ;

Déesse, idole des mortels,

En vain de ta patrie un sort jaloux t'exile :

Tes enfans dans leurs cœurs te gardaient un asile

Pour y relever tes autels.

**

Le courroux amassé dans leur âme inflexible

Après un long sommeil éclate plus terrible ;

  Malheur à qui l'a mérité !

Tremble, fier Musulman ! ton dernier jour s'apprête ;

Tremble, leur bras vengeur sur ta coupable tête

  Balance le glaive irrité.

**

Croyais-tu que jamais la valeur de la Grèce

Contre le trône impie où s'assied ta mollesse,

  Ne lèverait ses étendards ?

Croyais-tu, l'accablant du poids de l'esclavage,

Éteindre d'une main le flambeau du courage,

  De l'autre, le flambeau des arts ?

* *
*

Ton injuste pouvoir, ta stupide ignorance

D'un peuple de héros ont lassé la constance.

O douleur ! ô honte ! ô forfait ! —

Un barbare a régné sur cette noble Athènes

Où brillait Périclès , où tonnait Démosthènes ,

Où Miltiade triomphait !....

* *
*

Combien ont tressailli leurs ombres consolées ,

Lorsque la liberté sous leurs froids mausolées

Les a réveillés par ses cris !

Je crois les voir frémir d'orgueil et d'espérance ;

Je crois les voir encor de leur antique lance

Agiter les poudreux débris.

***

O Grecs ! entendez-vous cette voix qui vous crie :
Armez-vous, triomphez, délivrez la patrie ?
L'audace est maîtresse du sort.
Du fond de leur tombeaux nos ombres courroucées,
Contre vos ennemis tout à coup élancées,
Vont sur eux déchaîner la mort.

***

Et moi, si je brûlais de l'héroïque flamme
Dont Tyrtée autrefois sentait battre son âme,
Lorsqu'il s'avançait aux combats ;
Je vous dirais : Brisez vos indignes entraves ;
Libres, si vous mourez ; si vous vivez, esclaves,
Sachez préférer le trépas.

* *
*

Rendez aux fils d'Othman carnage pour carnage;

Que la rage réponde à l'appel de la rage;

Victimes, frappez vos bourreaux :

Que tout âge et tout sexe aspire à leur ruine;

Que chaque vierge s'arme et devienne héroïne;

Que chaque enfant soit un héros.

*
* *

Pour qui fut sans pitié, soyez sans indulgence;

A l'horreur des forfaits mesurez la vengeance;

Qu'ils tombent partout expirans!

Des flots d'un sang impur inondez le Bosphore!

Que le fer les déchire et le feu les dévore!

Point de grâce pour les tyrans!

* *
*

Champs sacrés, en succès n'êtes-vous plus fertiles ?

Ne renaîtrez-vous point, combats des Thermopyles,

De Platée et de Marathon ?

Portez , portez la mort aux Xercès de Byzance !

Que l'on cherche la place où siégeait leur puissance

Que tout meure jusqu'à leur nom !

* *
*

Honneur au citoyen qui venge sa patrie ,

Et d'un vil oppresseur provoquant la furie ,

Présente son sein au trépas !

La vieillesse l'admire et l'enfance le pleure :

Son ombre en vain descend dans la sombre demeure ;

Sa mémoire n'y descend pas.

*
* *

Honte au lâche soldat , transfuge des batailles ;

Qui vient réfugier au fond de ses murailles

Sa fuite et ses pâles terreurs !

Il vieillit dans l'exil, il meurt dans la misère,

Il meurt ; et ses enfans, au nom seul de leur père,

Rougiraient de verser des pleurs.

*
* *

Généreux héritiers de généreux ancêtres ,

Dans le sang des brigands qui s'appellent vos maîtres

Plongez vos bras victorieux ;

Jurez , jurez-leur tous une éternelle guerre :

Immoler sans remords les tyrans de la terre ,

C'est honorer le Roi des cieux.

*
* *.

Ce Dieu qui d'un seul mot donne ou ravit la gloire,

Fera parmi vos rangs descendre la victoire

Sur l'aile de la liberté ;

Dieu défendra les arts contre la barbarie,

L'honneur et la vertu contre la tyrannie,

La Foi contre l'impiété.

*
* *

Oüi, que la Grèce enfin d'un long joug affranchie,

Puissante par les lois, par la paix enrichie,

Remonte aux jours de sa grandeur.

Poëtes et guerriers, illustrez votre mère :

Que le siècle d'Achille et le siècle d'Homère

Unissent leur double splendeur.

*
* *.

Dans vos temples sacrés, dans vos jeux pacifiques,

O vierges! confondez vos voix patriotiques

    Pour chanter vos libérateurs;

Du laurier triomphant parez leurs nobles têtes.

Que l'honneur ait ses droits, le courage ses fêtes,

    La gloire ses adorateurs.

*
* *

Mais avant que la Croix, libre et victorieuse,

Renverse du Croissant la puissance odieuse,

    Quel péril naît de toutes parts!

Ah! s'il est des mortels qu'indigne l'esclavage,

Que touche la pitié, qu'enflamme le courage,

    Qu'ils viennent sous ses étendards!

(15)

***

Dans quel profond sommeil languissez-vous encore?

O peuples ! levez-vous ; la Grèce vous implore :

Vengez ses maux, rompez ses fers.

Sa cause se rattache à la cause du monde ;

C'est sur sa liberté que désormais se fonde

La liberté de l'Univers.

***

L'arbre du despotisme et de la tyrannie

Lève contre l'Europe une tête impunie ;

Que tardez-vous à la briser?

Frappez, le ciel s'unit aux efforts de la terre :

A défaut de vos bras, sa foudre tutélaire

S'élancera pour l'écraser.

FIN.

www.ingramcontent.com/pod-product-compliance
Lightning Source LLC
Chambersburg PA
CBHW061427170626
46811CB00005B/2159